مشاركات

Participations

م/ ياسر ابراهيم كاشغري
ماجستير اداره اعمال

نحن نقود، ونكسب الثقه

Eng. Yaser Ibrahim Kashgari
Master In Business Administration (MBA)

We lead, and Get trust

Participations (Volume 4)
Authored by Eng. Yasir Ibrahim Kashgari

Copyrights © 2019 Eng. Yasir Ibrahim Kashgari

6.00" x 9.00" (15.24 x 22.86 cm)
Black & White on Cream paper
126 pages
ISBN-13: 978-1-79482-119-4

الاندفاع في الحياه شيئ جميل ومرغوب ... ولكن يفترض ان يكون بوعي وادراك صحيح ... فتكون الحياه وقتها اكثر انبهارا ...

اتخاذ القرار الغير متسرع فيه ... يمكن ان يؤدي الى
نتائج افضل ... وتكون الحياه اكثر انبهارا...

اتخاذ القرار الصحيح ... وفي الوقت المناسب ... يمكن
ان يسهل امور كثيره ... وتكون الحياه اكثر انبهارا...

اتخاذ القرار الصحيح ... مع توافقه للانظمه والقوانين
... يمكن ان يكون فعال اكثر ... وتكون الحياه اكثر
انبهارا...

يمكن ان يكون من صفات القائد البارع ... الوصول الى
افضل النتائج... وتكون الحياه اكثر انبهارا...

يمكن ان يكون من صفات القائد البارع ... استغلال المعطيات باقل تكلفه ممكنه ... وتكون الحياه اكثر انبهارا...

الحنين الى مكان او شخص او حدث او شيء ... يمكن
ان يولدان قوه ايجابيه لدى الشخص ... وتكون الحياه
اكثر انبهارا...

يمكن ان يكون التعامل بين شخص واخر ... بنوع من
العاطفه والموده... يمكن ان يؤدي الى توافق في الاراء
والتصرفات ... وتكون الحياه اكثر انبهارا...

يمكن ان يكون الشغل او العمل او مصدر الدخل هو اهم
شيء لدى الشخص ... وتكون الحياه اكثر انبهارا ...

يمكن ان يفعل الشخص مبادئ ومفاهيم له ... ويمكن
لنفس الشخص ان يعمل بها ... وتكون الحياه اكثر
انبهارا ...

يمكن ان يكون الشخص ذو مبادئ راسخه ومهمه ...
ويمكن ان تكون هذه المبادئ مختلفه لجميع الاشخاص
... وتكون الحياه اكثر انبهارا ...

يمكن ان تكون بعض المبادئ والمفاهيم التي لدى الشخص ... اهم من الشغل او العمل ... وتكون الحياه اكثر انبهارا ...

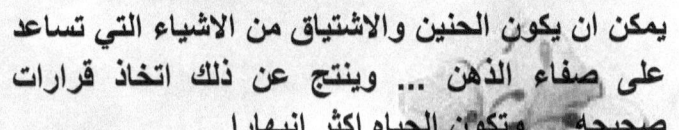

يمكن ان يكون الحنين والاشتياق من الاشياء التي تساعد
على صفاء الذهن ... وينتج عن ذلك اتخاذ قرارات
صحيحه ... وتكون الحياه اكثر انبهارا ...

يمكن ان تكون اعطاء الاولويات في اتخاذ القرار ...
يساعد على تيسير امور كثيره لدى الشخص ... وتكون
حياه اكثر انبهارا ...

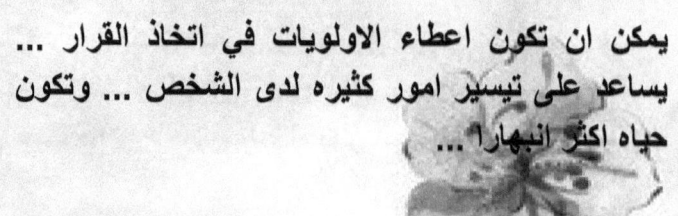

يمكن ان تكون توزيع الجهد المبذول لعمل معين ... على
اوقات مختلفه... يساعد على صفاء الذهن ... وينتج
عن ذلك اتخاذ قرارات صحيحه ... وتكون حياه اكثر
انبهارا ...

يمكن ان يكون اتقان الشيء او العمل ... يساعد على
توفير جهد كبير ... وينتج عن ذلك تيسير امور كثيره
لدى الشخص ... وتكون حياه اكثر انبهارا ...

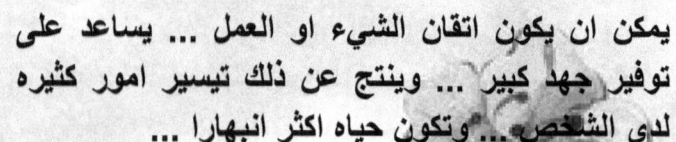

يمكن ان يكون اتقان الشيء او العمل ... يساعد في الاخلاص والابداع ... وينتج عن ذلك اتخاذ قرارات صحيحه ... وتكون حياه اكثر انبهارا ...

يمكن ان يكون مع اتقان الشيء او العمل ... ممارسه
هذا الاتقان في الحياه ... ويساعد في بناء الموهبه
والابداع ... وتكون حياه اكثر انبهارا ...

يمكن ان تكون التعلم من التجارب المختلفه ... في هذه
الحياه ... ويساعد في صنع قرارات سليمه ... وتكون
حياه اكثر انبهارا ...

يمكن ان تكون اكتساب مهارات مختلفه ... في هذه
الحياه ... يساعد في بناء الموهبه والابداع ... وتكون
حياه اكثر انبهارا ...

يمكن ان تكون استحضار الأوقات السعيده ... والتي
تكون مررت بها ... ويساعد على صفاء الذهن ...
وتكون حياه اكثر انبهارا ...

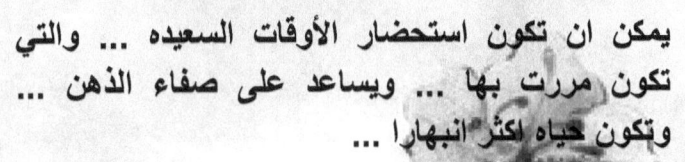

يمكن ان يكون توافق التطلعات لدى الشخص ... مع الحياه التي يعيشها او يرغب في عيشها ... وتساعد في اتخاذ قرارات سليمه ... وتكون حياه اكثر انبهارا ...

يمكن ان يكون الواقعيه في التطلعات لدى الشخص ...
وتساعد في اتخاذ قرارات سليمه ... وتكون حياه اكثر
انبهارا ...

يمكن ان يكون الاكتفاء العاطفي ... مع افراد الاسره ...
وتساعد في صفاء الذهن ... وتكون حياه اكثر انبهارا ...

يمكن ان يكون العلاقات السليمه والجميله ... مع الزملاء
والمقربين ... وتساعد في صفاء الذهن ... وتكون حياه
اكثر انبهارا ...

يمكن ان يكون التفتح للاراء والأفكار الجديده ... مع الحياه التي يعيشها او يرغب في عيشها ... وتساعد في التجانس مع الاخرين ... وتكون حياه اكثر انبهارا ...

يمكن ان يكون التفكير الايجابي ... وان تكون إيجابيا مع
الحياه التي تعيشها او يرغب في عيشها ... وتساعد في
اتخاذ قرارات سليمه .. وتكون حياه اكثر انبهارا ...

29

يمكن ان يكون التفكير بالنتائج الايجابيه ... وان تكون
إيجابيا مع النتائج التي تتوقعها ... وتساعد صفاء الذهن
... وتكون حياه اكثر انبهارا ...

يمكن ان يكون الاهتمام بالجانب الروحاني ... وان تظهر
معتقداتك الايمانية والدينيه ... وتساعد في صفاء الذهن
.. وتكون حياه اكثر انبهارا ...

يمكن ان يكون الانضمام الى مجموعه اكبر ... في اهتمامات الشخص ... وتساعد في اتخاذ قرارات سليمه ... وتكون حياه اكثر انبهارا ...

يمكن ان يكون تحديد مغزى للحياه ... وان تسعى
للوصول الى هذا المغزى ... وتساعد في اتخاذ قرارات
سليمه ... وتكون حياه اكثر انبهارا ...

يمكن ان يكون التركيز على الحلول ... في العديد من
أمور الحياه ... وتساعد في اتخاذ قرارات سليمه ...
وتكون حياه اكثر انبهارا ...

يمكن ان يكون الاعتناء بالجسد ... وراحته وغذائه في العديد من أمور الحياه ... وتساعد في اتخاذ قرارات سليمه ... وتكون حياه اكثر انبهارا ...

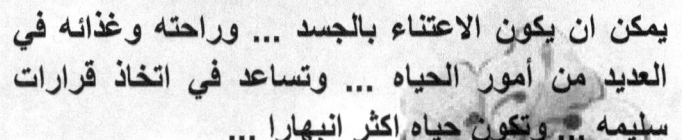

يمكن ان يكون الاعتناء بالجانب الروحاني ... والاتزان الروحاني في العديد من أمور الحياه ... وتساعد في اتخاذ قرارات سليمه ... وتكون حياه اكثر انبهارا ...

36

يمكن ان يكون الفضوليه احيانا ... في العديد من أمور
الحياه ... وتساعد في الانفتاح على الاخرين ... وتكون
حياه اكثر انبهارا ...

يمكن ان يكون العطاء بلا حدود ... ومن غير مقابل في العديد من أمور الحياه ... صفاء الذهن ... وتكون حياه اكثر انبهارا ..

يمكن ان يكون العيش في الحاضر ... من الأمور
الضروريه في الحياه ... وتساعد في اتخاذ قرارات
سليمه ... وتكون حياه اكثر انبهارا ...

39

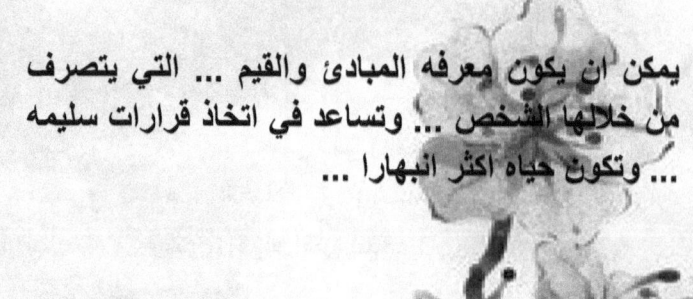

يمكن ان يكون معرفه المبادئ والقيم ... التي يتصرف
من خلالها الشخص ...، وتساعد في اتخاذ قرارات سليمه
... وتكون حياه اكثر انبهارا ...

يمكن ان يكون التصرف ببساطه ... واخذ الأمور ببساطه
في العديد من أمور الحياه ... وتساعد في اتخاذ قرارات
سليمه ... وتكون حياه اكثر انبهارا ...

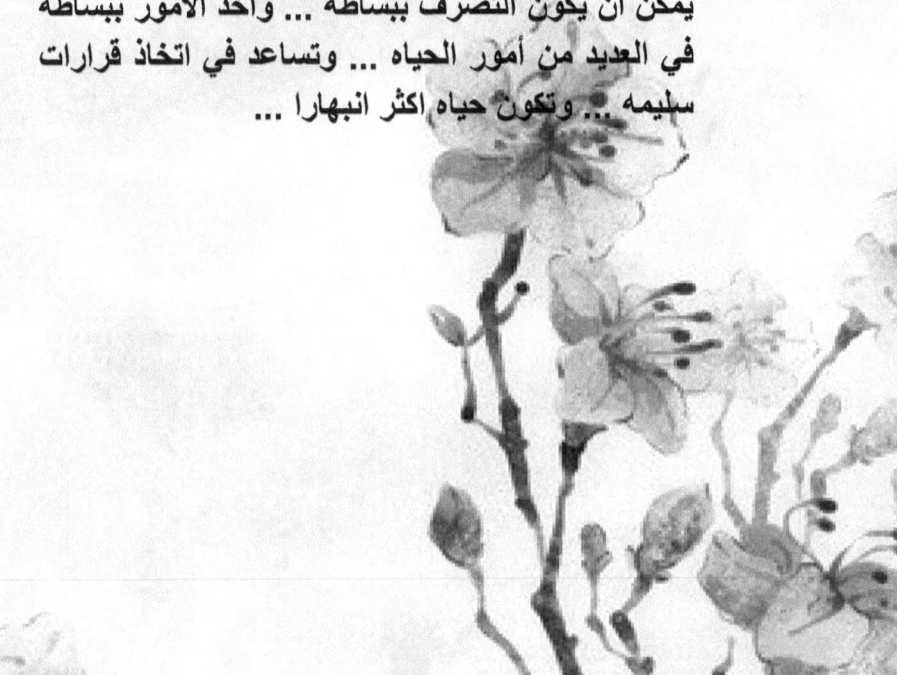

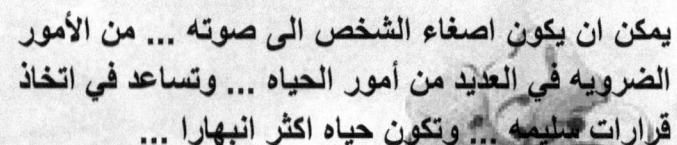

يمكن ان يكون اصغاء الشخص الى صوته ... من الأمور
الضرويه في العديد من أمور الحياه ... وتساعد في اتخاذ
قرارات سليمه ... وتكون حياه اكثر انبهارا ...

42

Participations

Eng. Yaser Ibrahim Kashghri

Master of Business Administration (MBA)

The rush to life is a beautiful and desirable thing ... but it is supposed to be conscious and true awareness ... so life will be more impressive then ...

Taking a hasty decision ... can lead to better results ... and life will be more impressive...

Make the right decision . .. And at the right time ... many things could be easy ... and life would be more impressive...

Take the right decision ... with the compatibility of systems and laws ... can that be more effective ... and be life more impressed...

One of the attributes of an accomplished leader can be ... reaching the best results ... and life is more impressive...

Could that be the qualities   of
the leader hotshot ... exploit the data less
possible   cost ... and
be life more impressed...

Nostalgia for a place, a person ,an event or something ... can generate positive strength for a person ... and life will be more impressive...

It can be a relationship between one person and another ... with a kind of affection and affection ... It can lead to a consensus of opinions and behavior ... and life is more impressive...

Work, work or income can be the most important thing for a person ... and life is more impressive...

A person can do principles and concepts for him ... and the same person can work with   it ... and life will be more impressive...

It can be a person with firm and important principles ... and these principles can be different for all people ... and life is more impressive...

It can be some of the principles and concepts that a person has   ... more important   than   work   or work ... and life is more impressive...

Nostalgia and longing can be among the things that help clear the mind ... and that results in making the right decisions ... and life is more impressive.

Can be given priority in decision-making ... it helps to facilitate the person in large things ... and be more impressed life...

It can be the distribution of the effort spent on a particular work ... at different times ... that helps to clear the mind ... and that results in making correct decisions ... and life is more impressive...

It can be mastery of something or work ... helps to save a lot of effort ... and this results in facilitating many things for a person ... and life is more impressive...

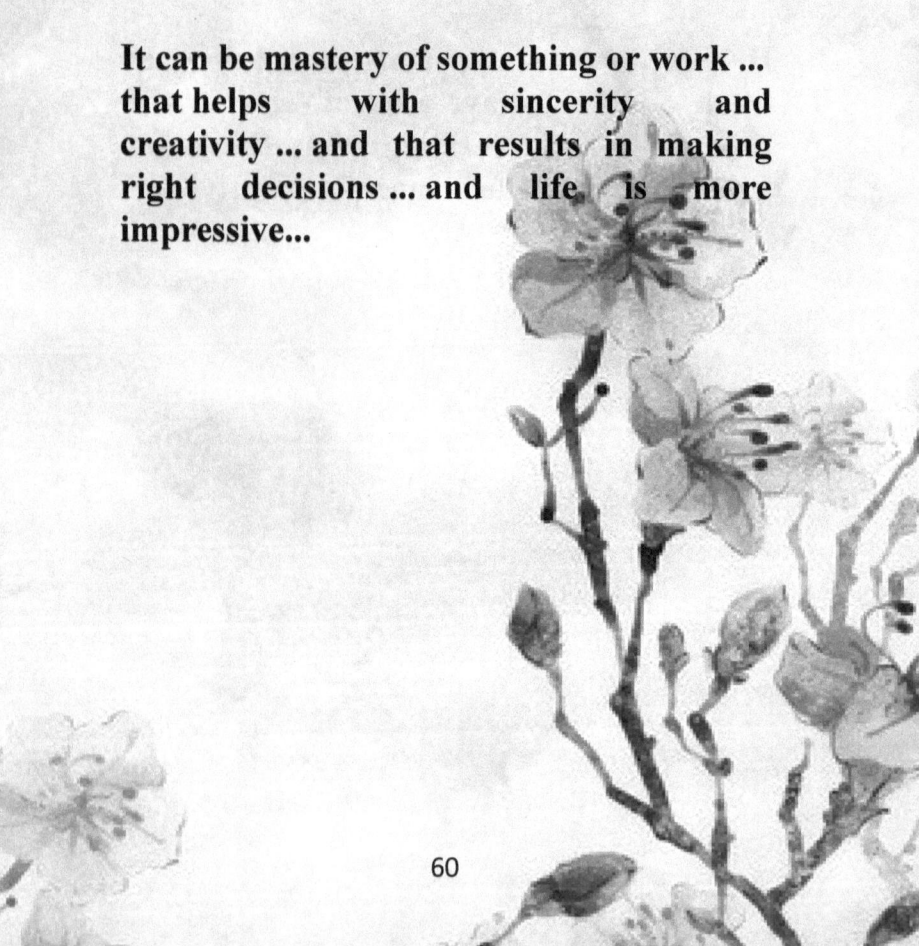

It can be mastery of something or work ... that helps with sincerity and creativity ... and that results in making right decisions ... and life is more impressive...

It can be with mastering something or working ... practicing this mastery in life ... and helps build talent and creativity ... and life is more impressive...

Learning can be from different experiences ... in this life ... and it helps in making sound decisions ... and life is more impressive...

It can be the acquisition of different skills ... in this life ... helps build talent and creativity ... and a more impressive life...

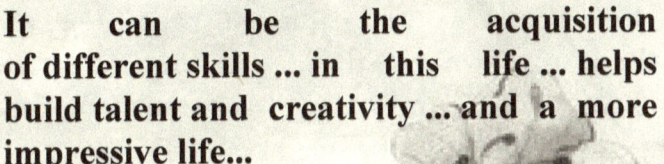

It can be a recall of the happy times ... that you have been through ... and help to clear the mind ... and a more impressive life...

It can be the compatibility of the aspirations of a person ... with the life he lives or wants to live ... and helps in making sound decisions ... and his life is more impressive...

It can be realistic in one's aspirations ... and helps in making sound decisions ... and life is more impressive.

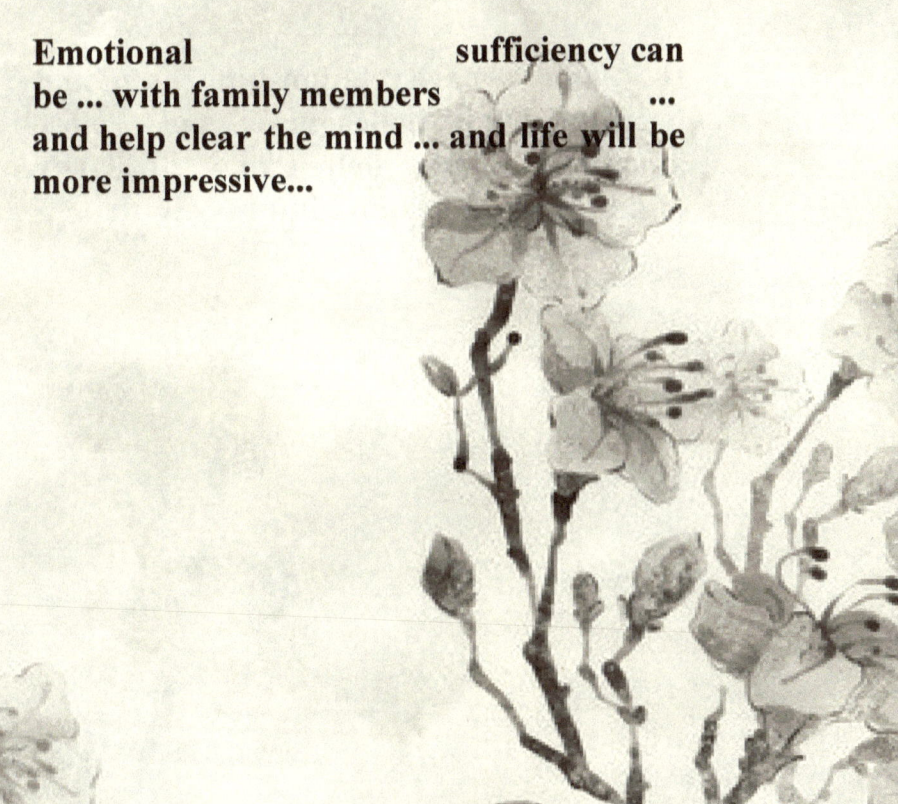

Emotional sufficiency can be ... with family members ... and help clear the mind ... and life will be more impressive...

It can have relationships sound and beautiful ... with colleagues and close associates ... and help in the clarity of mind ... and be more impressed life...

It can be open - minded to the views and ideas of the new ... with life that wants to live or livelihood ... and help in harmony with others ... and be more impressed life...

It can be positive thinking ... and be positive with life that T .livelihood or wants to livelihood ... and help make sound decisions ... and be more impressed life...

Thinking   about positive results can be ... being positive with the results you expect   ... and helping   to clear   the mind ... and a more impressive life...

Attention can be on the spiritual side ... and show your faith and religious beliefs ... and help clear the mind ... and life will be more impressive...

Joining a larger group can be ... in a person's interests ... and help make sound decisions ... and a more impressive life...

It can be a meaningful definition of life ... and that it seeks to reach this significance ... and helps in making sound decisions ... and life is more impressive...

The focus can be on solutions ... in many aspects of life ... and help make sound decisions ... and life is more impressive.

Caring for the body ... its comfort and food can be in many aspects of life ... and helps in making sound decisions ... and life is more impressive...

Caring for the spiritual side ... and
spiritual balance can be in many aspects
of life ... and help in making sound
decisions ... and life is more impressive...

Curiosity can be sometimes ... in many
aspects of life ... and helps open up to
others ... and life is more impressive...

Giving can be infinite ... and unrequited in many matters of life ... clarity of mind ... and life will be more impressive...

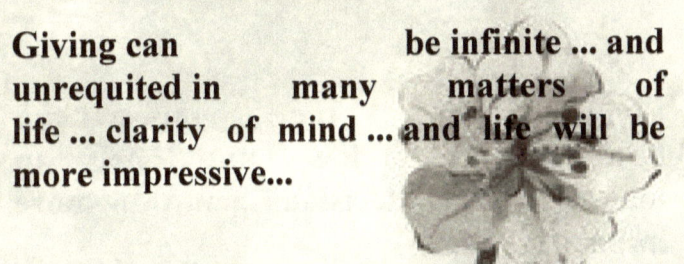

Living in the present can be ... a necessity in life ... and it helps in making sound decisions ... and a more impressive life...

Knowledge of the principles and values can be ... through which a person behaves ... and helps make sound decisions ... and life is more impressive.

Acting can   be simple ... taking   things simple in   many   aspects   of   life   ... and helping   to   make   sound decisions ... and life is more impressive...

It can be that a person listens to his voice ... is necessary in many aspects of life ... and helps in making sound decisions ... and life is more impressive...

Participations

Ingénieur / Yaser Ibrahim Kashghri

Maître d' administration des affaires

La précipitation à la vie est une chose belle et souhaitable ... mais elle est censée être consciente et vraie conscience ... alors la vie sera alors plus impressionnante ...

Prendre une décision hâtive ... peut conduire à de meilleurs résultats ... et la vie sera plus impressionnante...

Faire   la bonne   décision . .. Et   au   bon
moment ... beaucoup de choses pourraient
être   faciles ... et
la vie serait plus impressionnante...

Prendre   la décision droite ... avec
la compatibilité   des   systèmes   et
des lois ... peut que être   efficace plus ... et
être la vie plus impressionné...

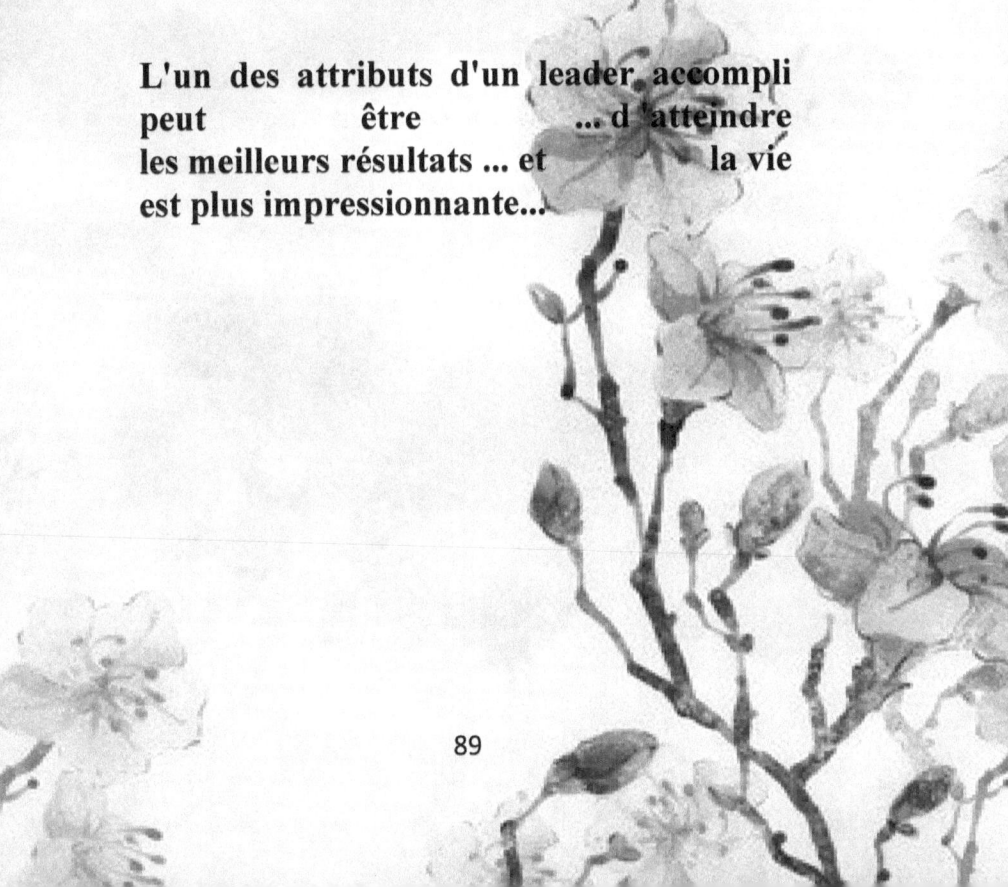

L'un des attributs d'un leader accompli peut être ... d'atteindre les meilleurs résultats ... et la vie est plus impressionnante...

Peut -   ce être les qualités
du chef champion ... exploiter
les données moins coût possible ... et être
la vie plus impressionné...

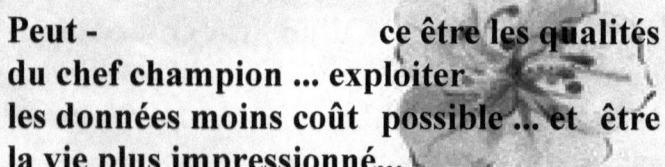

La nostalgie d'un lieu, d'une personne, d 'un événement ou de quelque chose ... peut générer une force positive pour une personne ... et la vie sera plus impressionnante...

Cela peut être une relation entre une personne et une autre ... avec une sorte d'affection et d'affection ... cela peut conduire à un consensus dans les opinions et les comportements ... et la vie est plus impressionnante...

Le travail, le travail ou le revenu peuvent être la chose la plus importante pour une personne ... et   la vie   est plus impressionnante...

Une personne peut faire des principes et des concepts pour elle ... et la même personne peut travailler avec elle ... et la vie sera plus impressionnante...

Cela peut être une personne avec des principes fermes et importants ... et ces principes peuvent être différents pour tous ... et   la vie est plus impressionnante...

Cela peut être certains des principes et concepts qu'une personne a ... plus importants que le travail ou le travail ... et la vie est plus impressionnante...

La nostalgie et le désir peuvent faire partie des choses qui aident à éclaircir l'esprit ... et qui se traduisent par la prise de bonnes décisions ... et la vie est plus impressionnante.

Peut être donné la priorité à la prise-
décision ... elle contribue à faciliter la
personne en grandes choses ... et être
la vie de plus impressionné...

Ce peut être la répartition de
l'effort consacré à un travail
particulier ... à différents moments ...
qui aide à éclaircir l'esprit ... et qui se
traduit par la prise de bonnes
décisions ... et la vie est plus
impressionnante...

Cela peut être la maîtrise de quelque
chose ou du travail ... aide à économiser
beaucoup d'efforts ... et cela se traduit par
faciliter beaucoup de choses pour une
personne ... et   sa   vie
est plus impressionnante...

Cela peut être la maîtrise de quelque chose ou d'un travail ... qui aide à la sincérité et à la créativité ... et qui conduit à prendre les bonnes décisions ... et la vie est plus impressionnante...

Cela peut être de maîtriser quelque chose ou de travailler ... de pratiquer cette maîtrise de la vie ... et aide à développer le talent et la créativité ... et la vie est plus impressionnante...

L'apprentissage peut provenir de différentes expériences ... dans cette vie ... et cela aide à prendre de bonnes décisions ... et la vie est plus impressionnante...

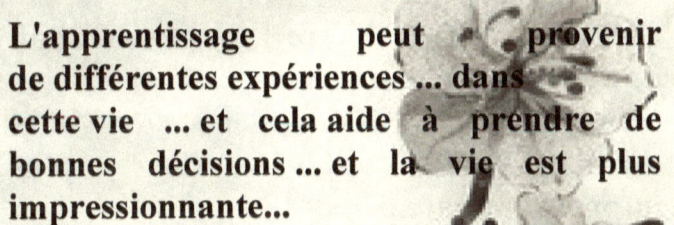

Cela peut être l'acquisition de différentes compétences ... dans cette vie ... aide à développer le talent et la créativité ... et une vie plus impressionnante...

Cela peut être un rappel des moments heureux ... que vous avez traversés ... et aider à nettoyer l'esprit ... et une vie plus impressionnante...

Cela peut être la compatibilité des aspirations d'une personne... avec la vie qu'elle vit ou veut vivre ... et aide à prendre de bonnes décisions ... et sa vie est plus impressionnante...

Il peut être réaliste dans ses aspirations ...
et aide à prendre de bonnes décisions ... et
la vie est plus impressionnante.

La suffisance émotionnelle peut être ... avec les membres de la famille ... et aider à nettoyer l'esprit ... et la vie sera plus impressionnante...

Il peut avoir des relations son et belle ... avec des collègues et des proches collaborateurs ... et aide dans la clarté de l'esprit ... et être la vie de plus impressionné...

Il peut être ouvert - esprit à la vue et des idées de la nouvelle ... avec la vie qui veut vivre ou vivre ... et une aide en harmonie avec les autres ... et être la vie plus impressionné...

Il peut être pensée positive ... et être positif avec la vie que T .gagne - pain ou veut vivre ... et aider à prendre les bonnes décisions ... et être la vie plus impressionné...

Penser   à des résultats positifs peut
être ... être positif avec les résultats que
vous   attendez   ... et aider   à vider
l'esprit ... et   une
vie plus impressionnante...

L'attention peut être du côté spirituel ... et montrer votre foi et vos croyances religieuses ... et aider à nettoyer l'esprit ... et la vie sera plus impressionnante...

Rejoindre un groupe plus large peut être ... dans l'intérêt d'une personne ... et aider à prendre de bonnes décisions ... et une vie plus impressionnante...

Cela peut être une définition significative de la vie ... et qu'elle cherche à atteindre cette signification ... et aide à prendre de bonnes décisions ... et la vie est plus impressionnante...

L 'accent peut être mis sur des solutions ... dans de nombreux aspects de la vie ... et aider à prendre de bonnes décisions ... et la vie est plus impressionnante.

Prendre soin du corps ... son confort et sa nourriture peuvent être dans de nombreux aspects de la vie ... et aident à prendre de bonnes décisions ... et la vie est plus impressionnante...

Prendre soin du côté spirituel ... et l'équilibre spirituel peut être dans de nombreux aspects de la vie ... et aider à prendre de bonnes décisions ... et la vie est plus impressionnante...

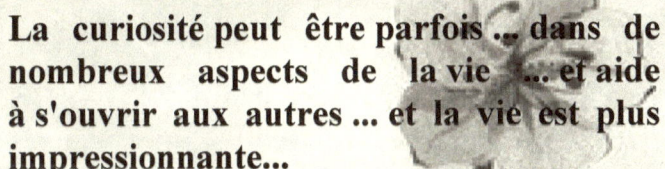

La curiosité peut être parfois ... dans de
nombreux aspects de la vie ... et aide
à s'ouvrir aux autres ... et la vie est plus
impressionnante...

Les dons peuvent être infinis ... et sans contrepartie dans de nombreuses questions de la vie ... la clarté de l'esprit ... et la vie sera plus impressionnante...

Vivre dans le présent peut
être ... une nécessité dans la vie ... et
cela aide à prendre de bonnes
décisions ... et une vie plus
impressionnante...

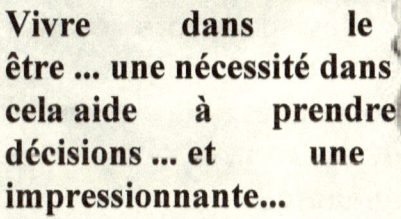

La connaissance des principes et des valeurs peut être ... à travers laquelle une personne se comporte ... et aide à prendre de bonnes décisions ... et la vie est plus impressionnante.

Agir peut être simple ... prendre des choses simples dans de nombreux aspects de la vie ... et aider à prendre de bonnes décisions ... et la vie est plus impressionnante...

Il se peut qu'une personne écoute sa voix ... est nécessaire dans de nombreux aspects de la vie ... et aide à prendre de bonnes décisions ... et la vie est plus impressionnante...

الفهرس

مقترحات...2-42

Appendix

Suggestions
....43-84

Appendice

Propositions
....85-124

www.ingramcontent.com/pod-product-compliance
Lightning Source LLC
Chambersburg PA
CBHW030337020726
47493CB00004B/1312
* 9 7 8 1 7 9 4 8 2 1 1 9 4 *